Karl Heinz Landenberger

Churchills Mauserpistole C96

Erläuterungen zu

„Blow up in der Sydney Street"

aus dem Londoner Decamerone

Herstellung und Verlag:
BoD – Books on Demand, Norderstedt
Copyright: 2019 Karl Heinz Landenberger
ISBN 978-3-7431-6197-9

1. Heimatgeschichtlicher Verein

Wir haben in Oberndorf einen sehr rührigen heimatgeschichtlichen Verein mit etwas mehr als 100 Mitgliedern. Bei den Veranstaltungen trägt fast jeder einmal aktiv etwas Persönliches bei, sei es aus der eigenen oder aus der Erinnerung der Familie und der Verwandtschaft. Das Städtchen ist klein, aber es hat eine interessante Geschichte, ich habe aber oft den Eindruck, dass selbst alteingesessene Oberndorfer viel zu wenig darüber wissen. Ich wollte nun bei einer Zusammenkunft des Vereins auch einen kleinen Beitrag leisten, indem ich eine Geschichte vorlese aus der Sammlung Londoner Kurzgeschichten, in der Waffen aus Oberndorf, aus den Mauserwerken, eine große Rolle spielen, und die deshalb einen Bezug zur Oberndorfer Geschichte hat.

2. Churchills Pistole

So weiß z.B. kaum einer, dass Winston Churchill zeitlebens die Mauerpistole C96 bei sich getragen hat. Seine Mutter hatte sie ihm geschenkt zu seinem Geburtstag, an dem er volljährig wurde. Sie muss eine exzeptionell fortschrittliche Frau gewesen sein, denn sie schenkte ihrem Sohn das absolut Neueste der damaligen Zeit, eine Weltneuheit und eine Sensation ersten Ranges, nämlich die erste automatische Waffe, die auf den Markt kam, und das war ihm Jahre 1896. Daher die Kennzeichnung C96. Man nannte sie damals noch nicht automatisch, sondern „selbstladend".

3. Englischer Imperialismus

Schon zwei Jahre später, im Jahre 1893 konnte der junge, inzwischen 23 Jahre alt gewordene Winston diese Waffe einsetzen. England schickte sich an, die im Mahdi-Aufstand 1885, also 8 Jahre zuvor verlorene Kolonie Sudan, am oberen Nil, zurückzuerobern. Die Regierung wagte diesen Schritt erst, als ein englischer Waffenhersteller, abgespickt von der Mauserpistole C96 ein Gewehr entwickelt hatte, das zwar noch nicht „selbstladend" war, wie diese Oberndorfer Präzisionswaffe, aber immerhin halbautomatisch. Die Mahdisten verfügten über ein Reiterheer von 60.000 Kriegern zu Pferd und auf Kamelen. Mit ihrem herkömmlichen Gewehr hätten die Briten diesen Kampf nicht riskieren können, aber mit diesem neuartigen Sturmgewehr gelang es einem Britischen Expeditionskorbs von 8.000 Mann in der Schlacht von Omdurman, am Zusammenfluss des Weißen und Blauen Nils, die letzte große Reiterschlacht der Menschheitsgeschichte für sich zu entscheiden. 60.000 Sudanesen mit samt ihren Pferden und Kamelen wurden erbarmungslos niedergemacht.

4. River War

Churchill, der junge Journalist, hat diese Ereignisse in einem Buch mit dem Titel „River War" festgehalten. Übersetzt heißt das etwa „Schlacht am oberen Nil". Zusätzlich hat er täglich Berichte an die größte englische Tageszeitung verfasst. Er hat diesen Kriegszug als Journalist begleitet. Seiner Mutter war er nämlich gelungen, sie war politisch sehr einflussreich, seine Befreiung vom Militärdienst zu erwirken. So konnte er mit dem englischen Heer als Privatperson auf eigene Kosten mitreisen.

Er hat auch ganz privat dank seiner C96 mitgekämpft und mit ihr voller Stolz viele Aufständische erlegt.

5. Von Kairo bis Kapstadt

Seine Reise war mit der Siegesfeier in Khartum aber noch nicht zu Ende. Er wollte über Nord- und Südrhodesien, dem heutigen Zimbabwe zum Namensgeber dieser Länder, zu Cecil Rhodes, der sich inzwischen in Südafrika aufhielt. Dort waren nämlich in den Burenrepubliken Transvaal und Oranje-Freistaat die größten Goldreserven weltweit entdeckt worden. Ein Drittel des bis heute je auf der Erde geforderten Goldes stammt von dort. Das wollte sich Cecil Rhodes natürlich nicht entgehen lassen. Es war aber nun so, dass die Buren, holländische Siedler dieses Gold ihrer Länder selbst fördern wollten und Rhodes nicht die Erlaubnis zum Abbau gaben. Das war eine eindeutige Diskriminierung von Ausländern. Das konnte die britische Regierung aus moralischen Gründen selbstverständlich nicht hinnehmen. So erklärte England den Buren den Krieg.

6. Freiheitskampf der Buren

Da für den Kampf nicht ausgebildete Ackerbauern und Viehzüchter es mit einer regulären Armee in einer offenen Schlacht natürlich nicht aufnehmen konnten, verlegten die Farmer sich auf Sabotageakte in der Nacht. Tagsüber versteckten sie sich in den ihnen wohlbekannten Gebieten. Schließlich musste die englische Queen Viktoria 450.000 Soldaten unter dem General Kitchener dem großen Abendteurer Cecil Rhodes zu Hilfe schicken.

7. Der bestbezahlte Journalist, weltweit

Churchill war mit von der Partie und ballerte fleißig mit. Er geriet sogar in Gefangenschaft, wo ihm ein spektakulärer Ausbruch gelang. Er schreibt, dass er einen Brief an „Ohm Krüger", den legendären Führer der Buren in seiner Zelle zurückgelassen hat, in dem er sich entschuldigt, dass er seinem Gefängnis, ohne um Erlaubnis zu fragen, entflohen sei. Diese Flucht hat er in Zeitungsberichten so sensationell ausgeschmückt. Es wurde ihm alles geglaubt, so dass er als **der Held** der Burenkriege gefeiert wurde. Mit 25 Jahren war er der bestbezahlte Journalist, weltweit, mit einem Zeilenhonorar von einem Pfund. Seine C96 hat ihm auch auf der Flucht oft das Leben gerettet, wenn er Gebiete durchqueren musste mit wildstreunenden Raubtieren und Löwen.

8. Made in Germany

Die hohe Wertschätzung seiner Mauserpistole ist umso bemerkenswerter, als es einen größeren Deutschenhasser als ihn gar nicht geben konnte. Es war für ihn unmöglich auch nur das Wort „German" auszusprechen. Die Deutschen waren für ihn nur „Hunnen" oder „Bestien". Sie waren nämlich eine Konkurrenz für die englische Industrie. Zunächst waren die Engländer führend in der Industrialisierung. Sie erfanden als erste die Dampfmaschine und die erste Lokomotive. Aber die Deutschen überholten sie bald. Damit ein Engländer keine Produkte von Deutschen kauft, musste auf jedem Artikel, der in Deutschland hergestellt wurde, vermerkt sein „Hergestellt in Deutschland", allerdings auf Englisch „Made in Germany", damit der englische Verbraucher es auch verstand. Wenn diese Kennzeichnung fehlte, durfte kein Artikel aus Deutschland nach England eingeführt werden.

Was allerdings als Boykott gedacht war, verkehrte sich bald ins Gegenteil. Weil die Qualität der deutschen Produkte so gut war, suchten vor allem die englischen Hausfrauen nach dem Qualitätssiegel „Made in Germany". Dass also Churchill seiner C96 „Made in Oberndorf" ein Leben lang treu blieb, bleibt erstaunlich.

9. Quelle der Geschichte „Blow up in der Sydney Street"

Nach diesen Vorbemerkungen wollte ich so langsam zur Lektüre der Geschichte aus dem Londoner Decamerone kommen. Zuvor aber wollte ich noch angeben, wo ich diese Geschichte gefunden habe. Eigentlich durch einen Zufall. In London sind die Räume, in denen sich Churchill während des 2. Weltkriegs verschanzt hatte, und von wo aus er das Kriegsgeschehen dirigiert hat, inzwischen zur Besichtigung freigegeben. Es sind die „War Rooms". Ein schlichter Begriff, verglichen mit den Gegenbegriffen Hitler, Führer Hauptquartier und Wolfsschanze. Diese Räume befinden sich gegenüber von Big Ben und Westminster Parlament, im Schatzamt, der Treasury. Der Eingang ist auf der Rückseite vom James´s Park. Man sieht von dort aus bis zum Buckingham Palace. Gegen die Bomben der deutschen Luftangriffe genügte es, eine 3m dicke Schicht aus Stahlbeton zwischen Parterre und erstem Untergeschoss zu legen. Noch weiter unten lagen die Räume für Churchill und sein Kriegskabinett; so, wie die privaten Räume: Eine kleine Küche, wo nur für ihn gekocht wurde, ein Schlafzimmerchen mit einem Bett (Seine Frau Clementine musste im Privathaus in Chartwell bleiben). Und das Kartenzimmer, etc… Besonders wichtig, der streng geheime Transatlantik Telephon Room, als Klo getarnt, mit dem heißen Draht zu Franklin Roosevelt.

10. Churchills Lebenslauf

Angegliedert an diese offiziellen und privaten Räume ist ein kleines Museum, in dem es eine einmalige Installation gibt. Wenn ich mich recht erinnere, wird sie „Line of Life" genannt, was wohl als Lebenslauf zu übersetzen wäre. Ein 15m langer, hufeisenförmig angelegter Tisch mit Touchscreen dokumentiert vom Tag der Geburt an, Tag für Tag, bis zum Sterbetag, also 90 Jahre lang je 365 Jahrestage, was es an Dokumenten in Bezug auf Churchill in der Presse an handschriftlichem, an Fotos, Filmen weltweit zu finden gibt. Ein „touch" mit den Fingern auf ein bestimmtes Datum produziert alle Dokumente auf einen großen Bildschirm, die es für diesen Tag gibt. Ich glaube, einen solchen Aufwand hat es, außer für Churchill, noch für keinen Menschen dieser Welt gegeben. Monate würden nicht ausreichen um auch nur einen kleinen Teil des Materials abzurufen. Ich habe mehrere Stories des Londoner Decamerone dort gefunden. Ein Zufallstreffer war dabei „Blow up in der Syndey Street". Es war, wie es scheint, die letzte Zeitungsmeldung nach einer langen Presseschlacht, der Abgesang, sozusagen. Als Ergebnis wird festgelegt, es war alles nicht so schlimm, viel Lärm um nichts. Zwei harmlose Ganoven haben einen Juweliersraub versucht, kein terroristischer Hintergrund. Die ganze Aufregung war umsonst. Das war das finale Urteil der Mainstream Presse.

11. Decamerone

Ganz kurz wollte ich auch den Titel der Londoner Geschichten erkären. Deca heißt 10. Boccacio, der um 1300 sein Decamerone verfasst hat, lässt in seiner Rahmenhandlung 10 junge Adlige aus Florenz fliehen, weil dort die Pest ausgebrochen ist, und sie sich vor dieser Epidemie retten wollten. Sie gehen gemeinsam auf einen Landsitz außerhalb der Stadt, der einen, der Ihrigen gehört und meiden jeden Kontakt mit anderen Menschen. Damit es ihnen nicht langweilig wird, beschließen sie, dass jeder von ihnen jeden Tag eine Geschichte erzählt. Sie sind 10 Tage dort. Es sind also 10 mal 10 Geschichten. Novellas, also Neuigkeiten nennt sie der Autor, die jeder zur Unterhaltung und zum Zeitvertreib beisteuert. Die Londoner Geschichten sind ebenfalls auf 10 Tage ausgelegt, und 10 verschiedene Personen erzählen sie. Allerdings nicht in so geometrischen Regelmäßigkeit: Der eine erzählt viele Geschichten, der andere weniger. Band 1 umfasst die ersten 5 Tage. Band 2 beinhaltet die Tage 6 -8. Der 3. Band wird erst im nächsten Jahr erscheinen, dort stehen dann die Geschichten des 9. + 10. Tages.

12. Lektüre

Hier nun der Text der vorgelesenen Geschichte:

blow up

Zu einer kleineren Geschichte öffneten wir das Archiv. Zum blow up in der Sydneystreet. Churchill war damals Innenminister und sein Ministerium lag nicht weit weg von der Sydneystreet. Als er dort Schüsse hörte, rannte er sofort dorthin, von wo die Schüsse kamen. Bei Schießereien war er nicht zu halten, er musste mitmachen.

Mauserpistole

Zum 18. Geburtstag hatte seine Mama ihm eine Mauserpistole geschenkt. Ein sinnvolles Geschenk für einen jungen Mann. Es wäre schön, wenn dieser Brauch sich auch bei deutschen

Müttern einbürgern würde. Churchill hatte die Pistole immer bei sich, sein ganzes Leben lang und er hatte so viele Erinnerungen an die erlegten Feinde, dass er sie nicht austauschen wollte, selbst als eine verbesserte Version auf den Markt kam.

Das Originalexemplar ist zur Kultwaffe geworden und man kann sie von verschiedenen Waffenfabriken kaufen. Sie liegt im Preis zwischen 99 und 300 Dollar.

Sydneystreet

In dieser Straße waren zwei Einbrecher mit Pistolen in ein Juweliersgeschäft eingedrungen und schossen, als das Haus von der Polizei umzingelt war, auf die auf den Straßen Stehenden Churchill ballerte zurück und die zwei Banditen merkten schließlich, dass sie keine Chance hatten zu entkommen. Deshalb legten sie Feuer, damit im großen Durcheinander von Rettungswagen und Feuerwehr ihnen vielleicht doch noch ein Entkommen gelingen könnte. Churchill, der damals Innenminister war, verbot der Feuerwehr das Haus zu löschen, und man ließ es bis auf die Grundmauern niederbrennen. Als man in die Trümmer hineinging, fand man die zwei Ganoven im untersten Keller, zusammengekauert sitzen, total verkohlt.

Feuerreiter

Vielleicht kennt jemand das Mörikegedicht vom Feuerreiter. Der lehnt ja auf seinem Pferd auch an der Wand bis man ihn berührt. Dann heißt es „Husch, da fiel's in Asche ab". So ging es diesen zweien. Auch als Churchill den Auftrag gab, die beiden ins Gruselkabinett abzutransportieren, als warnendes Beispiel, dass man kein Haus anzünden soll, solange man selbst darin ist, da zerfielen sie zu Asche. Es blieb nichts anderes übrig, als die beiden Banditen mit dem Besen zusammenzukehren.

Kritik

Die Rolle die Churchill als Innenminister bei dieser Aktion spielte, ist stark kritisiert worden.
Zum einen ballert man nicht so einfach herum, und zweitens muss ein Brand gelöscht werden, man darf auch Banditen nicht einfach verbrennen lassen.
Churchill erwiderte darauf, dass alles üble Verleumdung sei, er sei bei diesem Überfall überhaupt nicht dabei gewesen. Erst aus der Zeitung hatte er davon erfahren.
Da es damals aber schon Fotoapparate gab, und Churchill auf einem Foto in der vordersten Reihe erkennbar war, was eine Zeitung herausbrachte, korrigierte er sich und sagte: „Es ist doch klar, dass bei einer so kriminellen Tat ein Innenminister in vorderster Front anwesend sein muss".

Entwarnung

Hatte man ursprünglich einen terroristischen Hintergrund bei diesem Überfall vermutet, gab es bald eine völlige Entwarnung. Die beiden Diebe waren ganz normale Ganoven. Die große Aufregung war völlig umsonst.

13. Reaktion der Zuhörer

Nach dem Vorlesen einer Geschichte sollte sich nach meinem Verständnis eine Diskussion über das Gelesene anschließen. Oder mindestens sollte man Fragen stellen können zu

Passagen, die nicht richtig oder nur halb verstanden worden sind. Das fand nicht statt. Die ältere Generation begnügt sich, wie früher üblich, mit dem passiven Zuhören, höchstens unterbrochen durch ein zustimmendes Lachen oder ein Nicken mit dem Kopf.

14. Erläuterungen

So fügte ich von mir noch ein interpretatorische Anmerkungen hinzu. Zuerst zum Titel „Blow up". Offiziell heißt es überall „Belagerung in der Sydney Street" oder auch „Die Schlacht von Stepney". Stepney heißt der Londoner Stadtteil, in der sich die Sydney Street befindet. So haben auch die Übersetzer den Titel übertragen. Ich selbst muss gestehen, dass ich gar nichts weitergedacht habe, sondern dass ich nur die Überschrift des Zeitungsartikels übernommen habe, wie ich ihn per Zufall auf dem Touchscreen der Line of Life angetippt habe. Zufällig war das die letzte Veröffentlichung in einem wochenlang andauernden Medienrummel. Es sollte der abschließende Bericht sein, der darlegt, dass alles nur „blow up" war, d.h. „aufgebläht, aufgeblasen, maßlos übertrieben". Was man 1911 als „blow up" bezeichnete würde man heute einen gigantischen Hype nennen. Die Mainstreet Presse rückte also wieder zurecht, was aufgeregtere Journalisten als einen staatsgefährdeten Anschlag mit terroristischem Hintergrund darstellten.
Ich glaube, dazu gibt es heute Parallelen.

15. Digitales Zeitalter

Das digitale Zeitalter hat inzwischen angefangen, und ich begrüße das, denn es eröffnet heute Möglichkeiten, die man sich vor wenigen Jahren noch nicht einmal vorstellen konnte.

So haben mich per Mail, Whatsapp, Twitter, Facebook, … Nachrichten von Bekannten erreicht, die das Londoner Decamerone gelesen hatten, und geschwind mal ihre Meinung dazu äußerten. Die Zeit für einen Brief oder ein Telefonanruf, hätten sie sich bestimmt nicht genommen.

16. Falsches Datum

Ganz kurz. Ein Freund hat mich korrigiert. Churchill hat die Pistole nicht zum 18. Geburtstag bekommen. Heute wird man mit 18 Volljährig, damals mit 21 Jahren. Wie die Kennzeichnung C96 belegt, kam die Waffe 1896 auf den Markt. Zu dem Zeitpunkt aber war Churchill schon 21 Jahre alt.

17. Weitere Korrekturen

Eine Menge weiterer Korrekturen kamen dazu. Ich habe mich über jede gefreut, denn das zeigt, dass aufmerksam gelesen wurde. Jede Korrektur bereichert den Text. Deshalb habe ich in Teil 2 der Londoner Geschichten eine Zwischenbilanz als Vorwort geschrieben, mit einigen Leserbriefen. Da diese Kurzgeschichten keine wissenschaftliche, historische Forschungsarbeit sind, sondern ein literarisches Werk, entschuldigt die „dichterische Freiheit" jede Abweichung und fantasievolle Ausschmückung.

18. Namenlose Ganoven

Auf einen bestimmten Hinweis eines Bekannten, der speziell diese eben vorgelesene Geschichte betrifft, möchte ich noch genauer eingehen. Die Ereignisse in der Sydney Street waren keineswegs nur eine aufgeblasene Presseschlacht. Die beiden verkohlten Leichen im Untergeschoss des Hauses 100 in der

Sydney Street waren keineswegs namenlos, sondern sehr wohl seit Jahren namentlich bekannte Mitglieder der berüchtigten Piatkov-Bande. Es war die Asche von Fritz Schwarz und Josef Sokolow, die man mit dem Besen zusammenkehren musste.

19. Die Piatkov-Bande

Das war eine Gruppe von lettischen Anarchisten, die von 1905 bis 1907 in St. Petersburg, der damaligen Hauptstadt Russlands und dem Sitz des Zaren, im Winterpalais, eine Revolution anzetteln und den Zaren ermorden wollten. Aber weder Attentate noch Straßenkämpfe führten zum Erfolg. Mit dem Ergebnis, dass sie, als der Zar am 16.06.1907 sich endgültig durchsetzte, fliehen mussten und als Flüchtlinge als „refugees" nach London kamen.

20. Warum London?

Nun, ganz einfach. Der englische Geheimdienst hatte diese Anarchisten trainiert, an den Waffen ausgebildet für den Straßenkampf und mit Geld nach St. Petersburg geschickt. England wollte das Zarenreich schwächen, noch besser abschaffen. Zeitgleich hatten die Japaner im fernen Osten zum Krieg gegen Russland animiert und mit Waffen und Finanzmittel so reichlich ausgerüstet, dass der Zar dort eine katastrophale Niederlage hinnehmen mussten, und seine gesamte Pazifikflotte verlor.

21. Lenin und Stalin

Auch andere Gruppen kamen nach London, Anarchisten, Kommunisten, Sozialrevolutionäre, weil sie in London auf eine Unterstützung hoffen konnten. Auch Lenin und Stalin haben sich lange Zeit in London aufgehalten. Bekannt ist auch, dass Marx, seine letzten Lebensjahre in London verbracht und dort sein Hauptwerk „Das Kapital" verfasst hat. Der Sitz des internationalen Kommunismus war London. Die Zentrale von Komintern hat vermutlich den gesamten Unterhalt von Marx und seiner vielköpfigen Familie über Jahre bezahlt. Gesponsert wurde diese Zentrale von einflussreichen Freimaurern, wie z.B. Baron von Rothschild.

22. Gewaltsame Raubdelikte

Sicher aber ist auch, dass die Revolutionäre, mit den ihnen zugeteilten Geldmengen nicht zufrieden waren. Als Kämpfer für die klassenlose Gesellschaft fiel es ihnen allerdings nicht schwer, auch im Gastland ihrer Maxime Geltung zu verschaffen, und die hieß: Expropriation der Expropriateure, d.h. sie begingen gewaltsame Raubdelikte, denn „Eigentum ist Diebstahl", folglich müssen Eigentümer enteignet werden.

23. Tottenham

Einer der spektakulärsten Überfälle ereignete sich am 23.01.1909 in Tottenham. Dort überfielen sie einen Geldboten, der Lohngelder von der Bank abholte. Bilanz nach der Verfolgung der Täter über eine Strecke von mehreren Meilen: Zwei Tote und 27 Verletzte.

24. Houndsditch

Hier mieteten sie eine Wohnung direkt neben einem Juweliergeschäft. Sie schlugen ein Loch durch die Wand um ins angrenzende Gebäude zu kommen. Der Lärm, der durch die Durchbrechung der Steinmauer entstand, führte zu einer

Anzeige bei der Polizei. Der erste Polizist, der ankam, wurde sofort erschossen. Ein zweiter bei der anschließenden Schießerei. Die Bandenmitglieder konnten sich allerdings alle der Festnahme durch die Polizei entziehen. Sie hatten alle eine Mauserpistole C96.

25. Empörung

Die Empörung über die zwei Polizistenmorde war in der Bevölkerung so groß, dass eine Fahndung eingeleitet werden musste. Mehrere Bandenmitglieder konnten festgesetzt werden. Sie mussten aber alle wieder freigelassen werden, weil nicht zweifelsfrei geklärt werden konnte, aus welchen Pistolen die tödlichen Schüsse auf die Polizisten abgegeben wurden.

26. Staatsakt

Immerhin, die beiden erschossenen Polizisten wurden in einem offiziellen Staatsakt geehrt, bei dem der Innenminister und der oberste Chef der Geheimpolizei Sir Winston Churchill persönlich anwesend war. Er hatte sogar seine Ehefrau, Clementine, mitgebracht.

27. Belagerung in der Sydney Street

Diese Geschehnisse gingen alle dem Ereignis in der Sydney Street voraus. Der für die Sicherheit zuständige Innenminister Churchill wusste also genau, mit wem er es zu tun hatte, als ihm mitgeteilt wurde, dass die Piatkow Bande sich in der Sydney Street im Haus Nr. 100 verschanzt hatte.

28. Namensliste

Der militante Kern der Truppe war: Jakob Vogel auch als Hans Sprohe agierend, sodann Josef Sokolov, Fritz Schwarz, Georg Gardstein, Luba Milstein, Jakob Peters, Max Schmoller oder auch Josef Lewi genannt, und der wichtigste, Peter Piatkow. Da sie alle mehrere Identitäten hatten, damals „Alibi" genannt, war die Größe der Gruppe nicht exakt festzulegen.

29. Beginn der Aktion

Am 03.01.1911 um 02:00 Uhr in der Nacht riegelten 200 Polizeibeamte den Häuserblock ab. Um 06:00 Uhr morgens begann der Schusswechsel. Die Banditen hatten alle die Mauserpistole C96 und die waffenmäßige Überlegenheit der Belagerten im Vergleich mit den englischen Polizisten war schnell offensichtlich. Die Banditen schossen und schossen mit ihren „selbstladenden" Pistolen, während die Briten nach jedem Schuss nachladen mussten. Die Einsatzleitung erbat sich deshalb schnell die Unterstützung des Militärs. Die Spezialtruppen der Scots Guards, die im Tower stationiert waren, kamen zur Hilfe aber selbst diesen gelang die Stürmung des Gebäudes nicht.

30. Feuer

Um die Mittagszeit brach in einem der oberen Geschosse Feuer aus, das sich langsam nach unten ausbreitete. Churchill, der inzwischen den Einsatz leitete, verbot der eintreffenden Feuerwehr, den Brand zu löschen. Lediglich ein Übergreifen des Feuers auf die angrenzenden Gebäude sollte verhindert werden. Man wartete geduldig, bis das Feuer auch das Erdgeschoss erreichte, dessen Decke daraufhin zusammenbrach.

31. Kritik

Die Rolle die Churchill dabei spielte bestätigte in der öffentlichen Meinung seinen Ruf als Skandalminister. Balfour, der Parteichef der Konservativen, bezichtigte ihn, sich durch die persönliche Beteiligung an einem Straßenkampf eines Ministers unwürdig verhalten zu haben, zudem noch vor den laufenden Kameras der britischen Wochenschau.

32. Balfour-Doktrin

Balfour hat es geschafft, mit seiner Balfour-Doktrin die USA zum Kriegseintritt gegen Deutschland zu bewegen. Nachdem in der Somme Schlacht 300.000 Briten gefallen waren, England also praktisch geschlagen war, hat er Bernard Baruch versprochen, dass wenn die USA dem deutschen Kaiser den Krieg erklären, er im Gegenzug den Juden in Palästina das Heilige Land zur Gründung ihres Judenstaates geben werde.
Das war ein erstaunliches Versprechen, denn Palästina gehörte den Briten überhaupt nicht. Es war ein Teil des osmanischen Reichs und musste dem türkischen Sultan erst entrissen werden. 3 Tage nach dem Vertrag mit Baruch landeten dann

die ersten englischen Kriegsschiffe in Jaffa, um das Land militärisch zu erobern.

33. Neue Waffen für die Londoner Polizei

Die offensichtliche Unterlegenheit der traditionellen englischen Waffen zog eine vollkommene Neuausrüstung der Londoner Polizei nach sich. Man kaufte natürlich nicht bei Mauser ein, das ließ der englische Stolz nicht zu. Der Waffenhersteller Wembley aber baute eine Halbautomatik nach deutschem Vorbild als Standard Waffe für die Londoner Polizei nach.

34. Neueinsatz

Es scheint bei diesem Großeinsatz aber weit mehr Tote als die zwei gefundenen Leichenreste unter den Banditen gegeben zu haben. Viele jedoch überlebten, und gegen Ende des 1. Weltkriegs konnte der englische Geheimdienst sie frisch ausgerüstet und mit Finanzen versehen, nach St. Petersburg verschiffen, wo sie Lenin und Stalin in der Oktoberrevolution unterstützten.

35. Warum wurde der Brand nicht gelöscht?

Warum wohl hat Churchill verhindert, dass der Brand gelöscht wurde? In erster Linie hatte es wohl damit zu tun, dass die Banditen so auf die einfachste Weise beseitigt wurden. Als Innenminister und als Chef der Geheimpolizei kannte er jeden namentlich. Ein Prozess gegen sie hätte für die britische Justiz große Probleme aufgeworfen, weil sie ja Mitarbeiter des britischen Geheimdienstes waren. Andererseits war der Brand natürlich günstig zur Beseitigung jeder Spurensicherung. Das Haus Nr. 100 war lange Hauptquartier der Bande. Die Zusammenarbeit der Bande mit dem englischen Geheimdienst wäre von großen Teilen des englischen Volkes nicht akzeptiert worden.

36. Später Erfolg

Jakob Peters, ein Mitglied der Piatkow Bande, dem bei der Belagerung in der Sydney Street offensichtlich der Ausbruch gelungen war, der aber wie seine 5 Mitangeklagten freigesprochen wurde, weil nicht nachgewiesen werden konnte, dass er zum gegebenen Zeitpunkt in Sydney Street Nr. 100 anwesend war, brachte es 1917 zum Chef der berüchtigten Geheimpolizei, Tscheka. Alle Bolschewiki blieben ihrer Mauser C96 treu. Diese Waffe spielte für sie eine maßgebliche Rolle. Es ist mit Sicherheit anzunehmen, dass auch Lenin und Stalin diese Waffe besaßen.

37. Majakowski

Er ist der große Dichter der Oktoberrevolution. Er würdigte die Bedeutung dieser Waffe in einem Gedicht:

> Entrollt euren Marsch, Burschen von Bord!
> Schluß mit dem Zank und Gezauder,
> Still da, Ihr Redner!
> Du hast das Wort,
> rede, Genosse Mauser!

Wer Majakowski nicht kennt, sollte sein Lustspiel „Die Wanze" lesen.

38. Fidel Feederle

Bei allem Lobpreis und der weltweiten Würdigung der Mauser C96 wird aber immer einer vergessen, nämlich der Erfinder dieser sensationellen Neuerung in der Waffentechnik. Er war ein Ingenieur bei Mauser. Selbst alteingesessene Oberndorfer wissen nicht, dass diese Pistole eigentlich Fidel Feederle Pistole heißen müsste. Er wurde unterstützt von seinen beiden jüngeren Brüdern und entwickelte diese Waffe mit einer Magazinfüllung von 6/10/20 Patronen.

39. Grabstein auf dem Talfriedhof

Immerhin hat man eine Straße in Oberndorf nach ihm benannt und der schlichte Grabstein, als er 1930 starb, wurde nicht weggeräumt.

40. Sein Sohn

Als ich 1970 nach Oberndorf kam, war sein Sohn stellvertretender Schulleiter. 1971 konnte erstmals das Abitur in Oberndorf abgelegt werden, und aus dem Progymnasium wurde das Gymnasium am Rosenberg. Herr Feederle war einer der liebenswertesten Kollegen. Ehrenamtlich hat er sich viel für Oberndorf eingesetzt, z.B. hat er jahrelang das Oberndorfer Heimatmuseum geleitet. Leider hat er nach der Pensionierung nicht mehr lange gelebt. Er ist im Grab seines Vaters beigesetzt. Dem alten Grabstein wurde lediglich sein Name beigefügt.

41. Stadtgeschichte

Es ist die ehrenvolle Aufgabe des Heimatgeschichtlichen Vereins, das Gedächtnis der Geschichte der Stadt und an die Menschen, die diese Stadt durch ihre Arbeit und ihren Erfindergeist mitgestaltet haben, wach zu halten. Ich hoffe, mit diesem Beitrag ein wenig dabei mitgeholfen zu haben. Fidel Feederle ist wirklich ein Erfinder von internationalem Rang, und das sollte nicht vergessen werden.

42. Nachbemerkung

„Die Belagerung von Sydney Street", bzw. „Die Schlacht von Stepney", wie sie im Volksmund genannt wird, beschäftigt immer noch die Gemüter, weil man vermutet, dass Churchill irgendeine Lumperei verdecken wollte.

43. Verfilmung

1934 hat Alfred Hitchcock zum Anlass eines Films genommen unter dem Titel „Der Mann der zu viel wusste". Im Jahre 1956 machte er sogar eine Neuverfilmung des Stoffs.
Mounty Berman drehte den Spielfilm 1960 „Verbrecherzentrale Sydney Street".

44. Bücher

1981 erscheint in London ein Buch von Colin Rogers: The Battle of Sydney: The Sydney Street Sieg.
Donald Rumbelow bringt 1988 ein Buch heraus: The Hounds ditch murders in the siege of Sydney Street.

Man sieht, die Londoner geben sich nicht zufrieden mit der offensichtlichen Vertuschung dieser Affäre.

45. Schlussbemerkung

Diese „Duldung" und „Schonung" von Straftätern, wenn sie im Gastland straffällig werden, erinnert an heutige Zustände. Syrische „Freiheitskämpfer", die gegen Assad gekämpft haben, bekommen bei uns in Deutschland ein bevorzugtes Asylrecht. Sie gelten als politisch Verfolgte. Wenn sie gar Morde und Folterungen mitgemacht haben, droht ihnen bei einer Rückkehr ein Prozess, und möglicherweise die Verurteilung. Deshalb dichten sich viele Syrer Straftaten an, damit ihr Aufenthalt in Deutschland garantiert ist. So weit so gut. Nur wenn sie in Deutschland straffällig werden, hat die Justiz große Probleme, weil die Öffentlichkeit eine Verurteilung fordert, deutsche Gerichte aber nicht das Recht haben, Mitarbeiter der amerikanischen CIA zu bestrafen.